Pasha Disco Club

Dernier Bal de la Saison

Les Barbarins Fourchus ont le plaisir de vous présenter

Pasha Disco Club

Dernier bal de la saison !

Avec le printemps qui arrive, venez partager avec nous vos plus belles chorés, dans la générosité, la fantaisie et la désinvolture, sur les plus grands tubes funk'n'disco que la terre n'ait jamais porté !

Dernier bal de la saison oblige, on pique les chemises à fleurs de Papa et les plateforme boots de Maman pour mouiller le dancefloor sous la boule à facettes de la Salle Noire ! Avec cet ultime rendez-vous balistique de la saison, le grand orchestre du Pasha Disco Club vous offre une occasion incontournable de danser à outrance pour faire venir l'été !

Tenue tropicale chaudement recommandée

Samedi 21 Avril à 20h30
☆ Tarif : 12 euros ☆

Préventes vivement conseillées !

Buvette merveilleuse et petite restauration vous attendent sur place !

La Salle Noire Barbarins Fourchus

La Salle Noire / Cie Barbarins Fourchus
Anciennes usines Cémoi - 19 rue des arts et métiers à Grenoble
Accès par le 12B rue Ampère - Proche trams A et C
www.barbarins.com

Les Barbarins Fourchus bénéficient du soutien du Ministère de la Culture (DRAC Auvergne-Rhône-Alpes), de la Région Auvergne-Rhône-Alpes, du Département de l'Isère, de Grenoble Alpes Métropole et de la Ville de Grenoble.

 Merci de ne pas jeter ce tract n'importe où. Il y a encore des poubelles ou des comptoirs.

0,50

LE MAL NE SE MAINTIENT QUE PAR LA VIOLENCE

Déclaration du Mahatma Gandhi
lors de son procès, le 23 mars 1922

suivi de

LA VÉRITÉ EST LA SEULE ARME DONT NOUS DISPOSONS

Discours du Dalaï Lama
lors de la remise du prix Nobel de la paix,
10 décembre 1989

Éditions Points

Conseiller littéraire : Ulysse Korolitski

L'éditeur remercie Christophe Bataille
pour son aimable contribution.

ISBN 978-2-7578-1501-4

Sommaire

« Le mal ne se maintient que par la violence »

Déclaration du Mahatma Gandhi
lors de son procès, le 23 mars 1922

Héros du nationalisme indien et apôtre de l'action non violente, Gandhi est devenu un emblème politique et moral tant en Inde qu'en Occident. Devant l'impossibilité de négocier avec Londres, il lance en juin 1920 le mouvement de non-coopération non violente, le swaraj. *Il s'agit de paralyser le pays et de forcer ainsi la Grande-Bretagne à coopérer. En février 1922, la campagne dégénère à Chauri-Chaura où vingt-deux policiers sont tués. Gandhi décide alors de mettre un terme au* swaraj. *Sur la base de trois articles parus dans le journal* Young India, *il est cependant arrêté le 10 mars. Le 23 mars, lors de son procès, Gandhi se déclare coupable et revient sur les raisons de sa méfiance envers la Grande-Bretagne et sur son idéal non violent. Il est condamné à six ans de prison, mais sera libéré deux ans plus tard, à la suite d'une crise d'appendicite. Son discours et sa condamnation contribuent à la diffusion et à l'admiration de ses idéaux à travers le monde.*

Mahatma Gandhi's speech

I owe it perhaps to the Indian public and to the public in England, to placate which this prosecution is mainly taken up, that I should explain why, from a staunch loyalist and co-operator, I have become an uncompromising disaffectionist and non-co-operator, To the Court, too, I should say why I plead guilty to the charge of promoting disaffection towards the Government established by law in India.

My public life began in 1893 in South Africa in troubled weather. My first contact with British authority in that country was not of a happy character. I discovered that as a man and an Indian I had no rights. More correctly, I discovered that I had no rights as a man because I was an Indian.

But I was not baffled. I thought that this treatment of Indians was an excrescence upon a system

Discours du Mahatma Gandhi

Je dois peut-être au public de l'Inde et au public de l'Angleterre, que ce procès a pour principal but d'amadouer, d'expliquer pourquoi, de loyaliste et de coopérateur fervent, je suis devenu désaffectionné[1] et non coopérateur intransigeant. Je devrais dire également à la Cour pourquoi je me reconnais coupable de l'accusation d'avoir encouragé la désaffection envers un gouvernement établi en Inde par la loi.

Mon activité publique commença en 1893 en Afrique du Sud dans des temps troublés. Mes premiers contacts avec les autorités britanniques de ce pays ne furent guère heureux. Je découvris qu'en tant qu'homme et en tant qu'Indien je n'avais aucun droit. Ou plus exactement, je découvris que je n'avais aucun droit en tant qu'homme parce que j'étais indien.

Mais cela ne me dérouta point. Je me dis que cette façon de traiter les Indiens était une excroissance

1. La désaffection envers les autorités légales est réprimée par l'article 124 du Code pénal indien. (N.d.T.)

that was intrinsically and mainly good. I gave the Government my voluntary and hearty co-operation, criticizing it freely where I felt it was faulty, but never wishing its destruction. Consequently, when the existence of the Empire was threatened in 1899 by the Boer challenge, I offered my services to it, raised a volunteer ambulance corps and served at several actions that took place for the relief of Ladysmith. Similarly in 1906, at the time of the Zulu revolt, I raised a stretcher-bearer party and served till the end of the rebellion. On both these occasions I received medals and was even mentioned in dispatches. For my work in South Africa I was given by Lord Hardinge a Kaiser-i-Hind Gold Medal. When the war broke out in 1914 between England and Germany, I raised a volunteer ambulance corps in London consisting of the then resident Indians in London, chiefly students. Its work was acknowledged by the authorities to be valuable. Lastly, in India, when

d'un système qui était essentiellement bon en soi. J'apportai au gouvernement ma coopération volontaire et sincère, le critiquant librement lorsque je considérais qu'il se trompait, mais sans jamais souhaiter son anéantissement. Aussi, en 1899, lorsque l'existence de l'Empire se trouva menacée par la guerre des Boers, je lui offris mes services, levai un corps d'ambulanciers volontaires et pris part à diverses actions engagées afin de sauver Ladysmith[1]. De la même façon, en 1906, à l'époque de la révolte des Zoulous, je réunis un corps de brancardiers et servis jusqu'à la fin de la rébellion. En chacune de ces deux occasions, je reçus des médailles et fus même cité à l'ordre du jour. Pour mes services en Afrique du Sud, Lord Hardinge[2] me remit la médaille d'or Kaiser-i-Hind[3]. Lorsque la guerre éclata en 1914 entre l'Angleterre et l'Allemagne, je formai un corps d'ambulanciers volontaires composé d'Indiens qui résidaient alors à Londres, pour la plupart des étudiants. L'utilité de notre travail fut reconnue par les autorités. Enfin, en Inde, lorsque

1. Ville d'Afrique du Sud qui fut assiégée par les Boers pendant 118 jours, du 2 novembre 1899 au 28 février 1900. (N.d.T.)

2. Charles Hardinge (1858-1944), gouverneur général et vice-roi des Indes de 1910 à 1916. (N.d.T.)

3. La médaille Kaiser-i-Hind est une décoration de l'Empire des Indes créée par la reine Victoria en 1900. (N.d.T.)

a special appeal was made at the War conference in Delhi in 1918 by Lord Chelmsford for recruits, I struggled at the cost of my health to raise a corps in Kheda and the response was being made when the hostilities ceased and orders were received that no more recruits were wanted. In all these efforts at service, I was actuated by the belief that it was possible by such services to gain a status of full equality in the Empire for my countrymen.

The first shock came in the shape of the Rowlatt Act, a law designed to rob the people of all real freedom. I felt called upon to lead an intensive agitation against it. Then followed the Punjab horrors beginning with the massacre at Jallianwala Bagh and culminating in crawling orders, public floggings and other indescribable humiliations. I discovered, too, that the plighted word of the Prime Minister to the Mussalmans of India regarding the integrity of Turkey and

Lord Chelmsford[1] lança un vibrant appel à l'enrôlement de la jeunesse lors de la Conférence de guerre tenue en 1918 à Delhi, je me donnai du mal au détriment de ma santé pour former un corps sanitaire à Kheda. Ce corps était sur le point d'être formé lorsque les hostilités prirent fin et que fut donné l'ordre de cesser tout recrutement. Dans tous ces efforts pour servir, j'étais motivé par la conviction que de tels services me permettraient d'obtenir un statut de complète égalité pour mes compatriotes au sein de l'Empire.

Le premier choc arriva sous la forme des lois Rowlatt[2], des lois destinées à priver le peuple de toute vraie liberté. Je compris qu'il me fallait mener contre ces lois une agitation vigoureuse. Vinrent ensuite les horreurs du Pendjab, qui commencèrent par le massacre de Jallianwala Bagh[3] et atteignirent leur point culminant lorsque l'on donna l'ordre de faire ramper les gens sur le ventre, de les fouetter publiquement et autres humiliations indescriptibles. Je découvris que la promesse faite par le Premier ministre aux musulmans de l'Inde au sujet de l'intégrité de la Turquie et

1. Frederic John Napier, premier vicomte Chelmsford (1868-1933), vice-roi des Indes de 1916 à 1921. (N.d.T.)

2. Ces lois adoptées en mars 1919 limitaient les libertés individuelles en permettant notamment d'emprisonner sans jugement. (N.d.T.)

3. Il s'agit du massacre d'Amritsar, au Pendjab, le 13 avril 1919 qui fit près de quatre cents morts. (N.d.T.)

the holy places of Islam was not likely to be fulfilled. But, in spite of the forebodings and the grave warnings of friends, at the Amritsar Congress in 1919, I fought for co-operation and working the Montagu-Chelmsford reforms, hoping that the Prime Minister would redeem his promise to the Indian Mussalmans, that the Punjab wound would be healed and that the reforms, inadequate and unsatisfactory though they were, marked a new era of hope in the life of India.

But all that hope was shattered. The Khilafat promise was not to be redeemed. The Punjab crime was white-washed and most culprits went not only unpunished, but remained in service and some continued to draw pensions from the Indian revenue, and in some cases were even rewarded. I saw, too, that not only did the reforms not mark a change of heart, but they were only a method of further draining India of her wealth and of prolonging her servitude.

I came reluctantly to the conclusion that the British connection had made India more helpless than she

des lieux saints de l'islam ne serait point tenue. Et malgré ces présages, malgré les sérieuses mises en garde de mes amis au congrès d'Amritsar en 1919, je me battis pour la coopération et l'application des réformes Montagu-Chelmsford[1], dans l'espoir que le Premier ministre tiendrait sa promesse aux musulmans indiens, que l'on panserait la blessure infligée au Pendjab et que les réformes, si peu adéquates et satisfaisantes qu'elles fussent, marqueraient le début d'une nouvelle ère d'espoir dans l'histoire de l'Inde.

Mais tous ces espoirs s'effondrèrent. La promesse faite au Califat ne fut pas tenue. Le crime commis au Pendjab fut blanchi, et la plupart des coupables non seulement ne furent pas punis, mais restèrent au service du gouvernement et continuèrent pour certains à percevoir des pensions sur les revenus de l'Inde, obtenant même parfois de l'avancement. Je me rendis compte également que les réformes n'indiquaient pas le début d'une transformation des sentiments du gouvernement à notre égard, mais qu'elles n'étaient qu'une méthode pour vider davantage l'Inde de ses richesses et prolonger sa servitude.

J'en arrivai à contrecœur à la conclusion que notre association avec la Grande-Bretagne avait

1. Réformes instituées en 1919 pour mettre progressivement en place un gouvernement indien autonome au sein de l'Empire. (N.d.T.)

ever was before, politically and economically. A disarmed India has no power of resistance against any aggressor if she wanted to engage in an armed conflict with him. So much is this the case that some of our best men consider that India must take generations before she can achieve the Dominion status. She has become so poor that she has little power of resisting famines. Before the British advent, India spun and wove in her millions of cottages just the supplement she needed for adding to her meagre agricultural resources. This cottage industry, so vital for India's existence, has been ruined by incredibly heartless and inhuman processes as described by English witnesses. Little do town-dwellers know how the semi-starved masses of India are slowly sinking to lifelessness. Little do they know that their miserable comfort represents the brokerage they get for the work they do for the foreign exploiter, that the profits and the brokerage are sucked from the masses. Little do they realize that the Government established by law in British India is carried on for this exploitation of the masses. No sophistry, no jugglery in figures can explain away the evidence

rendu l'Inde plus impuissante que jamais sur le plan politique et économique. Une Inde désarmée ne dispose d'aucun pouvoir de résistance contre un agresseur si elle décidait de s'engager dans un conflit armé avec lui. C'est au point que certains de nos hommes parmi les meilleurs considèrent qu'il faudra à l'Inde plusieurs générations avant de pouvoir accéder au statut de Dominion[1]. Elle est devenue si pauvre qu'elle ne peut guère résister aux famines. Avant la venue des Anglais, l'Inde tissait et filait suffisamment dans ses millions de chaumières pour ajouter aux maigres ressources de l'agriculture ce qui lui était nécessaire. Cette industrie villageoise, si vitale pour l'existence de l'Inde, a été ruinée par des procédés inhumains et cruels décrits par des Anglais qui en ont été les témoins. Les habitants des villes ne savent guère que les masses indiennes à demi mourantes de faim sombrent lentement dans l'épuisement. Ils ne savent guère que leur lamentable confort provient du courtage qu'ils effectuent pour le compte de l'exploiteur étranger, et que ce courtage et ces bénéfices sont arrachés aux masses. Ils ne se rendent guère compte que le gouvernement établi par la loi dans l'Inde britannique n'existe qu'en vue d'exploiter ces masses. Nul sophisme, nul arrangement de chiffres ne saurait dissimuler la preuve

1. État politiquement indépendant au sein de l'Empire britannique. (N.d.T.)

that the skeletons in many villages present to the naked eye. I have no doubt whatsoever that both England and the town-dwellers of India will have to answer, if there is a God above, for this crime against humanity which is perhaps unequalled in history. The law itself in this country has been used to serve the foreign exploiter. My unbiassed examination of the Punjab Martial Law cases has led me to believe that at least ninety-five per cent of convictions were wholly bad. My experience of political cases in India leads one to the conclusion that in nine out of every ten cases the condemned men were totally innocent. Their crime consisted in the love of their country. In ninety-nine cases out of hundred, justice has been denied to Indians as against Europeans in the Courts of India. This is not an exaggerated picture. It is the experience of almost every Indian who has had anything to do with such cases. In my opinion, the administration of the law is thus prostituted consciously or unconsciously for the benefit of the exploiter.

The greatest misfortune is that Englishmen and their Indian associates in the administration of the country do not know that they are engaged in the crime I have attempted to describe. I am satisfied that many English and Indian officials honestly believe that they are administering one of the best systems devised in the world and that India is making steady though slow progress.

que sont les squelettes que chacun peut voir dans un grand nombre de villages. Je n'ai aucun doute que l'Angleterre et les habitants des villes de l'Inde, s'il y a un Dieu au-dessus de nous, auront à répondre de ce crime contre l'humanité qui est probablement sans équivalent dans l'histoire. Dans ce pays, la loi elle-même a été mise au service de l'exploiteur étranger. Mon étude impartiale des procès jugés par la loi martiale du Pendjab m'a convaincu qu'au moins 95 % des condamnations n'auraient pas dû avoir lieu. L'expérience que j'ai des procès politiques m'a amené à la conclusion que dans neuf cas sur dix les hommes condamnés étaient totalement innocents. Leur crime consistait à aimer leur pays. Dans 99 cas sur 100, justice n'est pas rendue aux Indiens dans les tribunaux de l'Inde, alors qu'elle l'est aux Européens. Ce tableau n'a rien d'exagéré. C'est l'expérience de pratiquement tout Indien ayant eu affaire à ce genre de cas. Selon moi, l'administration de la loi s'est prostituée, consciemment ou inconsciemment, au bénéfice de l'exploiteur.

Le plus grand malheur, c'est que les Anglais et leurs associés indiens qui administrent le pays ignorent qu'ils participent au crime que je viens de tenter de décrire. J'en suis convaincu, nombre de fonctionnaires anglais et indiens croient de bonne foi que l'administration qu'ils représentent est l'un des meilleurs systèmes qui existe au monde et que l'Inde progresse lentement mais sûrement.

They do not know that a subtle but effective system of terrorism and an organized display of force on the one hand, and the deprivation of all powers of retaliation or self-defence on the other, have emasculated the people and induced in them the habit of simulation. This awful habit has added to the ignorance and the self-deception of the administrators. Section 124 A under which I am happily charged is perhaps the prince among the political sections of the Indian Penal Code designed to suppress the liberty of the citizen. Affection cannot be manufactured or regulated by law. If one has no affection for a person or system, one should be free to give the fullest expression to his disaffection, so long as he does not contemplate, promote or incite to violence. But the section under which Mr. Banker and I are charged is one under which mere promotion of disaffection is a crime. I have studied some of the cases tried under it, and I know that some of the most loved of India's patriots have been convicted under it. I consider it a privilege, therefore, to be charged under it. I have endeavoured to give in their briefest outline the reasons for my disaffection. I have no

Ils ignorent qu'un système de terrorisme subtil mais efficace et qu'un déploiement organisé de forces d'une part, et la privation de tout moyen de se livrer à des représailles ou de se défendre d'autre part, ont émasculé le peuple et l'ont conduit à s'habituer à la dissimulation. Cette habitude épouvantable a contribué à l'ignorance et à l'aveuglement des administrateurs. L'article 124A du Code pénal indien d'après lequel j'ai le bonheur d'être accusé figure au premier rang de ceux qui visent à supprimer la liberté du citoyen. L'affection ne saurait être fabriquée ou régulée par la loi. Si l'on n'a pas d'affection pour une personne ou pour un système, on doit être libre d'exprimer pleinement sa désaffection, tant que l'on n'a pas l'intention de recourir, de promouvoir ou d'inciter à la violence. Cependant, d'après l'article sur lequel vous vous appuyez pour nous poursuivre M. Banker[1] et moi, le simple fait d'afficher de la désaffection est un crime. J'ai étudié certains dossiers qui ont été jugés d'après ce même article, et je sais qu'il a fait condamner quelques-uns des patriotes les plus populaires de l'Inde. Je considère par conséquent comme un privilège d'être accusé au nom de cet article. J'ai essayé d'exposer le plus brièvement possible les raisons de ma désaffection. Je n'ai aucun

1. Shankarlal Banker, éditeur de *Young India*, est l'autre accusé du procès, jugé responsable des articles que Gandhi a publiés dans son journal. (N.d.T.)

personal ill will against any single administrator, much less can I have any disaffection towards the King's person. But I hold it to be a virtue to be disaffected towards a Government which in its totality has done more harm to India than any previous system. India is less manly under the British rule than she ever was before. Holding such a belief, I consider it to be a sin to have affection for the system. And it has been a precious privilege for me to be able to write what I have in the various articles tendered in evidence against me.

In fact, I believe that I have rendered a service to India and England by showing in non-co-operation the way out of the unnatural state in which both are living. In my humble opinion, non-co-operation with evil is as much a duty as is co-operation with good. But, in the past, non-co-operation has been deliberately expressed in violence to the evil-doer. I am endeavouring to show to my countrymen that violent non-co-operation only multiplies evil and that, as evil can only be sustained by violence, withdrawal of support of evil requires complete abstention from violence. Non-violence implies voluntary submission to the penalty for non-co-operation with evil. I am here, therefore, to invite and submit cheerfully to the highest penalty

grief personnel contre un seul administrateur, aussi ai-je encore moins de désaffection envers la personne du Roi. Mais j'estime que c'est une vertu d'avoir de la désaffection pour un gouvernement qui dans l'ensemble a fait plus de mal à l'Inde que n'importe quel autre système antérieur. L'Inde n'a jamais été aussi peu virile que depuis qu'elle est gouvernée par l'Angleterre. Fort de cette conviction, je considère que c'est un péché d'avoir de l'affection pour ce système. Et cela a été pour moi un précieux privilège d'avoir pu écrire ce que j'ai écrit dans les divers articles qui me sont reprochés.

Je suis d'ailleurs persuadé avoir rendu service à l'Inde et à l'Angleterre en leur montrant comment la non-coopération pouvait les faire sortir de l'état contre nature dans lequel elles vivent toutes deux. À mon humble avis, la non-coopération avec le mal est tout autant un devoir que l'est la coopération avec le bien. Toutefois, par le passé, la non-coopération s'est délibérément exprimée en recourant à la violence envers celui qui faisait le mal. Je fais tout mon possible pour montrer à mes compatriotes que la non-coopération violente ne fait qu'accentuer le mal et que, étant donné que le mal ne se maintient que par la violence, le refus de soutenir le mal exige de s'abstenir de toute violence. La non-violence implique de se soumettre volontairement à la peine encourue pour ne pas avoir coopéré avec le mal. Je suis donc ici afin de me soumettre d'un cœur joyeux au châtiment

that can be inflicted upon me for what in law is a deliberate crime and what appears to me to be the highest duty of a citizen. The only course open to you, the Judge, is either to resign your post and thus dissociate yourself from evil, if you feel that the law you are called upon to administer is an evil and that in reality I am innocent; or to inflict on me the severest penalty if you believe that the system and the law you are assisting to administer are good for the people of this country and that my activity is, therefore, injurious to the public weal.

le plus sévère qui puisse m'être infligé pour ce qui est selon la loi un crime délibéré et qui me paraît à moi le premier devoir d'un citoyen. La seule voie qui s'ouvre à vous, le juge, est soit de démissionner et de cesser ainsi de vous associer au mal si vous considérez que la loi que vous êtes chargé d'administrer est mauvaise et que je suis en réalité innocent, soit de m'infliger la peine la plus sévère si vous croyez que le système et la loi que vous contribuez à appliquer sont bons pour le peuple de ce pays et que mon activité est par conséquent préjudiciable au bien commun.

Traduit de l'anglais par Pascale Haas

Chronologie*

2 octobre 1869 : naissance de Mohandas Karamchand Gandhi, à Porbandar.
1888 : études de droit en Angleterre.
1891 : devient avocat à Londres.
1891 : retour en Inde.
Mai 1893 : installation en Afrique du Sud (1893-1915).
1894 : fonde une section du parti indien du Congrès pour défendre les droits des immigrants indiens.
1904 : fonde l'hebdomadaire *Indian Opinion* pour défendre les droits des immigrants indiens.
1906 : inaugure sa tactique de résistance non violente et passive, qu'il nomme *satyagraha.*
Janvier 1915 : retour en Inde.
Mai 1915 : fondation d'un ashram à Ahmedabad.
1919 : *massacre d'Amritsar, réactions violentes des Indiens, Gandhi affirme de nouveau le principe de la non-violence.*
1920-1921 : lancement du mouvement de non-coopération, ou *swaraj* (refus des titres et honneurs anglais, désertion des écoles et des tribunaux anglais,

* Les événements historiques sont présentés en italique.

abstention dans les assemblées), et de la campagne du *khadi* (retour à l'habit traditionnel indien, le *khadi*, boycott des tissus anglais).

Février 1922 : Gandhi lance une grève de l'impôt, qu'il interrompt à la suite de violences.

Mars 1922 : condamnation à six ans de prison.

Février 1924 : libéré à la suite d'une crise d'appendicite.

Mars 1930 : Gandhi lance une campagne contre la taxe du sel, incarcération de neuf mois.

1932 : nouvelle arrestation et incarcération (1932-1933).

Février 1933 : fondation d'un nouvel hebdomadaire, *Harijan.*

1934 : Gandhi quitte le parti du Congrès, dont il est le président, refusant son orientation devenue essentiellement politique.

2 août 1935 : *octroi à l'Inde d'un statut plus libéral.*

Octobre 1940 : pendant la guerre, Gandhi lance une nouvelle campagne de désobéissance civile, les Anglais ayant refusé de s'engager sur l'indépendance complète de l'Inde.

Décembre 1941 : *entrée en guerre du Japon.*

Août 1942 : emprisonnement de Gandhi (août 1942-mai 1944).

15 août 1947 : *proclamation de l'indépendance de l'Inde, partagée en deux États indépendants, le Pakistan (musulman) et l'Inde (hindoue).*

30 janvier 1948 : Gandhi est abattu par un fanatique, à Delhi.

« La vérité est la seule arme dont nous disposons »

Discours du Dalaï Lama lors de la remise du prix Nobel de la paix, 10 décembre 1989

À deux ans, Tenzin Gyatso est reconnu comme la réincarnation du treizième Dalaï Lama, Thubten Gyatso. À ce titre, il est le quatorzième Dalaï Lama et le chef temporel et spirituel du peuple tibétain. Il reçoit le prix Nobel de la paix en 1989, trente ans après son exil en Inde. Héritier de Gandhi, auquel il rend hommage au cours de son discours de réception, il prône une solution non violente au problème de l'occupation militaire et brutale du Tibet par la Chine depuis 1950. L'obtention du prix Nobel de la paix marque, malgré les efforts chinois, une étape décisive dans la reconnaissance internationale du Dalaï Lama comme autorité spirituelle et politique.

Dalai Lama's speech

Brothers and Sisters,

It is an honour and pleasure to be among you today. I am really happy to see so many old friends who have come from different corners of the world, and to make new friends, whom I hope to meet again in the future. When I meet people in different parts of the world, I am always reminded that we are all basically alike: we are all human beings. Maybe we have different clothes, our skin is of a different colour, or we speak different languages. That is on the surface. But basically, we are the same human beings. That is what binds us to each other. That is what makes it possible for us to understand each other and to develop friendship and closeness.

Thinking over what I might say today, I decided to share with you some of my thoughts concerning the common problems all of us face as members of the human family. Because we all share this small planet earth, we have to learn to live in harmony and peace with each other and with nature. That is not just a dream, but a necessity.

Discours du Dalaï Lama

Mes frères, mes sœurs,

C'est un honneur et un plaisir d'être aujourd'hui parmi vous. Je suis vraiment heureux de retrouver tant de vieux amis venus des quatre coins de la terre et je me réjouis d'en connaître de nouveaux que j'espère bien revoir à l'avenir. Tous ceux que je rencontre un peu partout dans le monde me font sans cesse rappeler que nous sommes semblables : des êtres humains. Il arrive que nos habits, la couleur de notre peau, nos langues soient différents. Tout cela reste superficiel. Au fond, nous sommes tous des êtres humains. C'est ce qui nous relie, nous permet de nous comprendre et de nous rapprocher.

Après m'être interrogé sur le sujet dont j'aurai à vous entretenir aujourd'hui, j'ai choisi de vous faire partager quelques-unes de mes réflexions sur les problèmes qui nous concernent tous en tant que membres de la même famille humaine. Le fait d'avoir à cohabiter sur cette petite planète qu'est la Terre nous impose d'apprendre à y vivre en paix tous ensemble, en harmonie avec la nature, et il ne s'agit pas d'un rêve mais d'une nécessité.

We are dependent on each other in so many ways, that we can no longer live in isolated communities and ignore what is happening outside those communities, and we must share the good fortune that we enjoy. I speak to you as just another human being; as a simple monk. If you find what I say useful, then I hope you will try to practise it.

I also wish to share with you today my feelings concerning the plight and aspirations of the people of Tibet. The Nobel Prize is a prize they well deserve for their courage and unfailing determination during the past forty years of foreign occupation. As a free spokesman for my captive countrymen and -women, I feel it is my duty to speak out on their behalf.

I speak not with a feeling of anger or hatred towards those who are responsible for the immense suffering of our people and the destruction of our land, homes and culture. They too are human beings who struggle to find happiness and deserve our compassion.

I speak to inform you of the sad situation in my country today and of the aspirations of my people, because in our struggle for freedom, truth is the only weapon we possess.

Nous dépendons les uns des autres à tellement d'égards qu'il n'est plus possible de vivre dans l'isolement et l'ignorance de ce qui se passe à l'extérieur. Nous devons nous entraider dans les difficultés et le malheur, et mettre en commun les privilèges dont nous jouissons. Je m'adresse à vous comme n'importe quel être humain, comme un simple moine. Si mes paroles vous semblent profitables, alors j'espère que vous essaierez d'en faire bon usage.

Je voudrais également aujourd'hui vous faire part de mes sentiments sur la condition et les aspirations du peuple tibétain. Ce prix Nobel est une distinction qu'il a mérité par le courage et la détermination dont il a fait preuve, sans jamais s'en départir, durant quarante années d'occupation étrangère. Il est de mon devoir, en tant que porte-parole en liberté de mes compatriotes captifs, de faire entendre leur voix.

Je parle ici sans colère et sans haine envers les responsables de l'immense souffrance de mon peuple et de la destruction de notre patrie, de nos foyers, de notre culture. Ils sont aussi des êtres humains qui luttent pour s'assurer une vie heureuse et ils ont droit à notre compassion.

Si je tiens tant à vous informer de la triste situation actuelle de mon pays et des aspirations de mon peuple, c'est parce que, dans notre combat pour la liberté, la seule arme dont nous disposons est la vérité.

The realisation that we are all basically the same human beings, who seek happiness and try to avoid suffering, is very helpful in developing a sense of brotherhood and sisterhood; a warm feeling of love and compassion for others. This, in turn, is essential if we are to survive in this ever shrinking world we live in. For if we each selfishly pursue only what we believe to be in our own interest, without caring about the needs of others, we not only may end up harming others but also ourselves. This fact has become very clear during the course of this century. We know that to wage a nuclear war today, for example, would be a form of suicide; or that by polluting the air or the oceans, in order to achieve some short-term benefit, we are destroying the very basis for our survival. As interdependents, therefore, we have no other choice than to develop what I call a sense of universal responsibility.

Today, we are truly a global family. What happens in one part of the world may affect us all. This, of course, is not only true of the negative things that happen, but is equally valid for the positive developments. We not only know what happens elsewhere, thanks to the extraordinary modern communications technology. We are also directly

Prendre conscience que, fondamentalement, nous sommes tous des êtres humains en quête de bonheur et en refus de la souffrance favorise le développement du sens de la fraternité, de l'amour et de la compassion. Cela est un point vital si nous voulons survivre dans ce monde qui se réduit de jour en jour.

Si nous ne recherchons que notre satisfaction personnelle et ce que nous prenons pour notre propre intérêt sans nous soucier d'autrui, non seulement nous ferons souffrir les autres, mais, pour finir, nous en souffrirons aussi. Ce siècle en a fait la preuve.

Nous savons qu'une guerre nucléaire constituerait aujourd'hui une forme de suicide collectif, que, lorsque nous polluons l'air et les mers pour un profit à court terme, nous détruisons la base même de notre survie.

Les individus comme les nations sont devenus de plus en plus interdépendants ; nous n'avons donc d'autre choix que de développer ce que j'appelle le sens de la responsabilité universelle.

Aujourd'hui, nous constituons une famille à part entière. Ce qui advient en un point du monde peut tous nous affecter. Cela, bien entendu, est valable aussi bien dans le sens positif que négatif.

Non seulement nous sommes informés de tout ce qui se passe ailleurs, grâce à nos extraordinaires moyens de communication, mais cela nous touche directement. Nous sommes profondément

affected by events that occur far away. We feel a sense of sadness when children are starving in Eastern Africa. Similarly, we feel a sense of joy when a family is reunited after decades of separation by the Berlin Wall. Our crops and livestock are contaminated and our health and livelihood threatened when a nuclear accident happens miles away in another country. Our own security is enhanced when peace breaks out between warring parties in other continents.

But war or peace; the destruction or the protection of nature; the violation or promotion of human rights and democratic freedoms; poverty or material well-being; the lack of moral and spiritual values or their existence and development; and the breakdown or development of human understanding, are not isolated phenomena that can be analysed and tackled independently of one another. In fact, they are very much interrelated at all levels and need to be approached with that understanding.

Peace, in the sense of the absence of war, is of little value to someone who is dying of hunger or cold. It will not remove the pain of torture inflicted on a prisoner of conscience. It does not comfort those who have lost their loved ones in floods caused by senseless deforestation in a neighbouring country.

bouleversés quand des enfants meurent de faim en Afrique de l'Est et nous nous réjouissons de la joie des familles réunies après des années de séparation lors de la chute du mur de Berlin.

Lorsqu'un accident nucléaire survient dans un pays éloigné du nôtre, nos ressources et nos récoltes sont contaminées, notre vie et notre santé menacées. Et lorsque la paix est conclue entre des pays en guerre sur un autre continent, c'est notre propre sécurité qui s'en trouve renforcée.

Cependant, guerre ou paix, destruction ou protection, violation ou valorisation des droits humains et des libertés démocratiques, misère ou bien-être matériel, absence d'éthique et de valeurs spirituelles ou leur existence et leur développement, décadence ou enrichissement des connaissances humaines... : autant de phénomènes qui ne sont en rien isolés et ne peuvent être abordés et analysés indépendamment les uns des autres. Au contraire, ils interagissent à tous les niveaux et il faut les appréhender avec cette conscience.

La paix considérée comme absence de guerre a peu de sens pour celui qui meurt de faim ou de froid. Elle ne soulagera pas la douleur des tortures infligées à un prisonnier politique. Elle ne consolera pas ceux qui ont perdu des êtres chers lors des inondations causées par le déboisement dans un pays voisin.

Peace can only last where human rights are respected, where the people are fed, and where individuals and nations are free. True peace with oneself and with the world around us can only be achieved through the development of mental peace. The other phenomena mentioned above are similarly interrelated. Thus, for example, we see that a clean environment, wealth or democracy mean little in the face of war, especially nuclear war, and that material development is not sufficient to ensure human happiness.

Material progress is of course important for human advancement. In Tibet, we paid much too little attention to technological and economic development, and today we realise that this was a mistake. At the same time, material development without spiritual development can also cause serious problems. In some countries too much attention is paid to external things and very little importance is given to inner development. I believe both are important and must be developed side by side so as to achieve a good balance between them. Tibetans are always described by foreign visitors as being a happy, jovial people. This is part of our national character, formed by

La paix peut régner là où les droits de l'homme et de la femme sont respectés, là où les peuples sont nourris et là où individus et nations sont libres.

La véritable paix, avec soi-même et le monde environnant, ne peut exister que si elle est cultivée dans nos esprits. Et les difficultés évoquées précédemment sont tout aussi liées à notre attitude individuelle. Ainsi, que valent un environnement sain, l'opulence ou la démocratie face à la guerre et particulièrement la guerre nucléaire ! Il ne suffit pas d'améliorer les conditions matérielles de vie pour que le monde soit heureux, nous le voyons bien.

Certes, le progrès matériel est important pour l'évolution humaine. Au Tibet, nous nous sommes très peu penchés sur les questions d'économie et de technologie. Aujourd'hui, nous mesurons quelle erreur ce fut. En revanche, un développement matériel sans évolution spirituelle est tout aussi risqué.

Il existe des pays qui consacrent toute leur attention aux conditions extérieures et très peu au développement intérieur.

Je crois que les deux démarches sont importantes et doivent aller de pair afin de nous conduire à un bon équilibre.

Les étrangers parlent toujours des Tibétains comme d'un peuple jovial et d'un naturel heureux. C'est l'un de nos traits de caractère hérité de

cultural and religious values that stress the importance of mental peace through the generation of love and kindness to all other living sentient beings, both human and animal. Inner peace is the key: if you have inner peace, the external problems do not affect your deep sense of peace and tranquility. In that state of mind you can deal with situations with calmness and reason, while keeping your inner happiness. That is very important. Without this inner peace, no matter how comfortable your life is materially, you may still be worried, disturbed or unhappy because of circumstances.

Clearly, it is of great importance, therefore, to understand the interrelationship among these and other phenomena, and to approach and attempt to solve problems in a balanced way that takes these different aspects into consideration. Of course it is not easy. But it is of little benefit to try to solve one problem if doing so creates an equally serious new one. So really we have no alternative: we must develop a sense of universal responsibility not only in the geographic sense, but also in respect to the different issues that confront our planet.

Responsibility does not only lie with the leaders of our countries or with those who have been appointed or elected to do a particular job. It lies with each one of us individually. Peace, for example, starts with each one of us.

nos valeurs culturelles et religieuses ; elles exaltent l'importance de la quiétude engendrée par l'amour et la bonté envers tout ce qui vit, sans oublier les animaux. La paix intérieure en est la clef : quand vous la détenez, aucun problème au monde n'a le pouvoir d'entamer votre sérénité. Dans cet état d'esprit, vous pouvez faire face aux situations avec calme et raison tout en préservant votre joie intérieure. C'est fondamental. Sans cette paix profonde, quel que soit le confort matériel de votre vie, vous donnerez toujours prise aux circonstances extérieures et vous en souffrirez.

Il est donc de la plus grande importance de comprendre cette interrelation constante entre les phénomènes intérieurs et extérieurs, et d'en tenir compte afin de résoudre les conflits. Efforçons-nous de maintenir un juste équilibre entre ces différentes nécessités.

Certes, ce n'est pas une tâche facile. Mais si, pour résoudre un problème, il faut en créer un nouveau, l'intérêt est bien faible. En vérité, il n'y a pas d'alternative : nous devons acquérir le sens de la responsabilité universelle, non seulement d'un point de vue géographique, mais aussi par rapport aux nombreux enjeux qui s'affrontent sur notre planète.

La responsabilité n'incombe pas uniquement aux chefs d'État ou à ceux qui ont été élus pour une fonction déterminée. Nous sommes tous, personnellement, responsables, et il appartient à chacun de nous de faire régner la paix.

When we have inner peace, we can be at peace with those around us. When our community is in a state of peace, it can share that peace with neighbouring communities, and so on. When we feel love and kindness towards others, it not only makes others feel loved and cared for, but it helps us also to develop inner happiness and peace. And there are ways in which we can consciously work to develop feelings of love and kindness. For some of us, the most effective way to do so is through religious practice. For others it may be non-religious practices. What is important is that we each make a sincere effort to take our responsibility for each other and for the natural environment we live in seriously.

I am very encouraged by the developments which are taking place around us. After the young people of many countries, particularly in northern Europe, have repeatedly called for an end to the dangerous destruction of the environment which was being conducted in the name of economic development, the world's political leaders are now starting to take meaningful steps to address this problem. The report to the United Nations Secretary-General by the World Commission on the Environment and Development (the Brundtland Report) was an important step in educating governments on the urgency of the issue. Serious efforts to bring peace to war-torn zones and to implement the right to self-determination of some people have resulted in the withdrawal of Soviet troops from Afghanistan and the establishment of independent Namibia.

Elle commence à l'intérieur. On peut ensuite l'étendre à ses voisins et, de proche en proche, aux autres pays. Lorsque nous témoignons de l'amour et de la sollicitude envers nos semblables, ils y sont tout à fait sensibles, mais nous y trouvons nous-mêmes une joie et une sérénité accrues. Il existe des voies pour éveiller l'amour et la bonté. Pour certains d'entre nous, la plus sûre est celle de la pratique religieuse. D'autres empruntent des voies laïques. Ce qui importe est que chacun engage sérieusement sa responsabilité envers son prochain et envers l'environnement.

Je trouve que les progrès sont encourageants dans ce domaine. Dans de nombreux pays et tout particulièrement en Europe du Nord, les revendications des jeunes pour mettre fin à la destruction de l'environnement – consentie au nom du développement économique – ont porté leurs fruits : un peu partout dans le monde, les responsables politiques commencent à mettre en œuvre des programmes d'action par rapport à ce problème.

Le rapport remis au secrétaire général des Nations unies par la Commission internationale de l'environnement et du développement (le Rapport Brundtland) a marqué une étape déterminante dans la prise de conscience par les gouvernements de l'urgence de la situation. À la suite de sérieux efforts en faveur de la paix dans des zones en guerre et pour le droit à l'autodétermination des peuples, les Soviétiques ont retiré leurs troupes d'Afghanistan et la Namibie a accédé à l'indépendance.

Through persistent nonviolent popular efforts dramatic changes, bringing many countries closer to real democracy, have occurred in many places, from Manila in the Philippines to Berlin in East Germany. With the Cold War era apparently drawing to a close, people everywhere live with renewed hope. Sadly, the courageous efforts of the Chinese people to bring similar change to their country was brutally crushed last June. But their efforts too are a source of hope. The military might has not extinguished the desire for freedom and the determination of the Chinese people to achieve it. I particularly admire the fact that these young people who have been taught that "power grows from the barrel of the gun", chose, instead, to use nonviolence as their weapon.

What these positive changes indicate, is that reason, courage, determination, and the inextinguishable desire for freedom can ultimately win. In the struggle between forces of war, violence and oppression on the one hand, and peace, reason and freedom on the other, the latter are gaining the upper hand. This realisation fills us Tibetans with hope that some day we too will once again be free.

The awarding of the Nobel Prize to me, a simple monk from faraway Tibet, here in Norway, also fills us Tibetans with hope. It means, despite the fact that we have not drawn attention to our plight by means of violence, we have not been forgotten.

Grâce à la détermination non violente de leur peuple, de nombreux pays, comme les Philippines et l'Allemagne de l'Est, ont vu leur situation changer de façon spectaculaire au profit d'un État proche de la démocratie. Avec la guerre froide qui semble toucher à sa fin, l'espoir renaît. Malheureusement, l'entreprise courageuse du peuple chinois pour instaurer la démocratie dans son pays a été brutalement réprimée en juin dernier. Leur tentative reste porteuse d'espoir. La mainmise militaire n'a pas étouffé le désir de liberté du peuple chinois ni entamé sa volonté de la conquérir. J'admire tout particulièrement le fait que ces jeunes Chinois, éduqués dans la devise du « pouvoir au bout du fusil », aient choisi comme arme la non-violence.

Ce que nous enseignent ces changements positifs, c'est que la raison, le courage, la détermination et le désir inextinguible de liberté peuvent triompher. Dans le combat qui oppose les forces de guerre, de violence, d'oppression aux forces de paix, de raison, de liberté, la victoire revient aux dernières. C'est ce qui nous fait garder l'espoir, à nous Tibétains, qu'un jour nous retrouverons aussi la liberté.

Ce prix Nobel qui m'est décerné ici en Norvège, à moi, simple moine issu du lointain Tibet, représente également un immense espoir pour les Tibétains. Cela signifie que, bien que nous n'ayons pas cherché à attirer l'attention sur notre condition par des moyens violents, nous n'avons pas été oubliés.

It also means that the values we cherish, in particular our respect for all forms of life and the belief in the power of truth, are today recognised and encouraged. It is also a tribute to my mentor, Mahatma Gandhi, whose example is an inspiration to so many of us. This year's award is an indication that this sense of universal responsibility is developing. I am deeply touched by the sincere concern shown by so many people in this part of the world for the suffering of the people of Tibet. That is a source of hope not only for us Tibetans, but for all oppressed people.

As you know, Tibet has, for forty years, been under foreign occupation. Today, more than a quarter of a million Chinese troops are stationed in Tibet. Some sources estimate the occupation army to be twice this strength. During this time, Tibetans have been deprived of their most basic human rights, including the right to life, movement, speech, worship, only to mention a few. More than one sixth of Tibet's population of six million died as a direct result of the Chinese invasion and occupation. Even before the Cultural Revolution started, many of Tibet's monasteries, temples and historic buildings were destroyed. Almost everything that

Cela montre aussi que les valeurs qui nous sont chères, particulièrement notre respect pour toutes les formes de vie et la foi dans le pouvoir de la vérité, sont aujourd'hui reconnues et encouragées. C'est également un hommage à mon guide, le Mahatma Gandhi, dont l'exemple reste pour beaucoup d'entre nous une source d'inspiration.

Cette année, le choix du jury est symbolique des progrès accomplis dans le sens de la responsabilité universelle. Je suis profondément ému de découvrir que tant d'hommes et de femmes dans cette partie du monde compatissent à la souffrance du peuple tibétain. C'est une source d'espoir non seulement pour nous, mais pour tous les peuples opprimés.

Comme vous le savez, le Tibet vit depuis quarante ans sous occupation étrangère. Aujourd'hui, plus de 250 000 soldats chinois sont basés au Tibet. Certaines sources d'information estiment que l'armée d'occupation représente le double de ce chiffre. Depuis tout ce temps, les Tibétains ont été privés des droits les plus élémentaires, y compris le droit à la vie, à la libre circulation, à la liberté d'expression, pour n'en citer que quelques-uns. Plus d'un sixième de la population, qui s'élevait jadis à 6 millions, a été massacré au cours de l'invasion et de l'occupation chinoises.

Avant même le début de la Révolution culturelle, nombre de monastères, de temples et de monuments furent détruits au Tibet. Le reste fut

remained was destroyed during the Cultural Revolution. I do not wish to dwell on this point, which is well documented. What is important to realise, however, is that despite the limited freedom granted after 1979, to rebuild parts of some monasteries and other such tokens of liberalisation, the fundamental human rights of the Tibetan people are still today being systematically violated. In recent months this bad situation has become even worse.

If it were not for our community in exile, so generously sheltered and supported by the government and people of India and helped by organisations and individuals from many parts of the world, our nation would today be little more than a shattered remnant of a people. Our culture, religion and national identity would have been effectively eliminated. As it is, we have built schools and monasteries in exile and have created democratic institutions to serve our people and preserve the seeds of our civilisation. With this experience, we intend to implement full democracy in a future free Tibet. Thus, as we develop our community in exile on modern lines, we also cherish and preserve our own identity and culture and bring hope to millions of our countrymen and -women in Tibet.

anéanti durant la Révolution culturelle. Je ne souhaite pas m'étendre sur ces faits déjà bien établis par des documents. Toutefois, il importe de savoir que, en dépit de la liberté limitée, accordée après 1979, de reconstruire en partie quelques monastères et en dépit de quelques autres mesures de libéralisation instaurées, les droits fondamentaux de l'homme et de la femme sont systématiquement violés aujourd'hui au Tibet. Durant ces derniers mois, la situation a encore empiré.

Si notre communauté en exil n'avait pas été si généreusement accueillie, soutenue par le gouvernement et le peuple indiens et aidée par des individus et des organisations internationales, il ne resterait de notre pays guère plus que des ruines et quelques échantillons d'une population. Notre culture, notre religion, notre identité nationale auraient déjà été effacées. Tant bien que mal, nous avons construit des écoles et des monastères en exil, nous avons créé des institutions démocratiques pour servir notre peuple et préserver les germes de notre civilisation. Forts de cette expérience, nous nous proposons d'instaurer une démocratie pleine et entière dans un futur Tibet libre. Autant nous adoptons en exil des modes de vie modernes, autant nous chérissons et préservons notre identité ainsi que notre culture et, par là même, soutenons l'espoir de millions de compatriotes.

The issue of most urgent concern at this time, is the massive influx of Chinese settlers into Tibet. Although in the first decades of occupation a considerable number of Chinese were transferred into the eastern parts of Tibet – in the Tibetan provinces of Amdo (Chinghai) and Kham (most of which has been annexed by neighboring Chinese provinces) – since 1983 an unprecedented number of Chinese have been encouraged by their government to migrate to all parts of Tibet, including central and western Tibet (which the People's Republic of China refers to as the so-called Tibet Autonomous Region). Tibetans are rapidly being reduced to an insignificant minority in their own country. This development, which threatens the very survival of the Tibetan nation, its culture and spiritual heritage, can still be stopped and reversed. But this must be done now, before it is too late.

The new cycle of protest and violent repression, which started in Tibet in September of 1987 and culminated in the imposition of martial law in the capital, Lhasa, in March of this year, was in large part a reaction to this tremendous Chinese influx. Information reaching us in exile indicates that the protest marches and other peaceful forms of protest are continuing in Lhasa and a number of other places in Tibet, despite the severe punishment and inhumane treatment given to Tibetans detained

Mais le problème le plus préoccupant est l'afflux massif de colonies chinoises de peuplement au Tibet. Déjà, au cours des premières décennies de l'occupation, un nombre considérable de Chinois a été transféré dans les régions orientales du pays : les provinces tibétaines d'Amdo (Qinghai) et du Kham (dont la plus grande partie fut annexée par les provinces chinoises voisines). Mais, depuis 1983, on assiste à un déferlement. Les Chinois sont incités par leur gouvernement à occuper l'ensemble du territoire tibétain, que le Parti communiste chinois appelle dérisoirement la Région autonome du Tibet. Les Tibétains se réduisent de plus en plus à une minorité insignifiante dans leur propre pays. Ce processus qui menace la survie même de la nation tibétaine, avec sa culture et son patrimoine spirituel, peut encore être arrêté et inversé. Mais c'est maintenant qu'il faut agir ; après, il sera trop tard.

Le nouvel engrenage de manifestations et de répressions qui s'est enclenché au Tibet depuis septembre 1987 et qui a culminé avec l'instauration, en mars de cette année, de la loi martiale à Lhassa était surtout une réaction à ce gigantesque afflux de Chinois. Les informations qui nous parviennent indiquent que les marches de protestation et autres formes pacifiques de contestation se poursuivent à Lhassa et dans de nombreuses parties du pays, et ce malgré une sévère répression et des traitements inhumains infligés aux Tibétains qui ont osé

for expressing their grievances. The number of Tibetans killed by security forces during the protest in March and of those who died in detention afterwards is not known but is believed to be more than two hundred. Thousands have been detained or arrested and imprisoned, and torture is commonplace.

It was against the background of this worsening situation and in order to prevent further bloodshed, that I proposed what is generally referred to as the Five-Point Peace Plan for the restoration of peace and human rights in Tibet. I elaborated on the plan in a speech in Strasbourg last year. I believe the plan provides a reasonable and realistic framework for negotiations with the People's Republic of China. So far, however, China's leaders have been unwilling to respond constructively. The brutal suppression of the Chinese democracy movement in June of this year, however, reinforced my view that any settlement of the Tibetan question will only be meaningful if it is supported by adequate international guarantees.

[…]

It is my dream that the entire Tibetan plateau should become a free refuge where humanity and nature can live in peace and in harmonious balance. It would be a place where people from all over the world could come to seek the true meaning of peace within themselves, away from the tensions and pressures of much of the rest of the world. Tibet could indeed become a creative center for the promotion and development of peace.

exprimer leur mécontentement. Le chiffre des Tibétains tués par les forces de sécurité au cours de la marche de protestation de mars, ou morts en détention à la suite de cette manifestation, ne nous est pas connu, mais on l'estime à plus de deux cents. Pour des milliers d'autres, arrêtés et emprisonnés, la torture est monnaie courante.

Par rapport à ce sombre bilan d'une situation de jour en jour plus préoccupante et pour prévenir de nouveaux bains de sang, j'ai proposé ce que l'on nomme le « plan de paix en cinq points », pour restaurer la paix et les droits de l'homme et de la femme au Tibet. J'en ai exposé le principe l'année dernière à Strasbourg. Je considère que ce plan fournit une base de négociations raisonnable et réaliste avec la République populaire de Chine. Jusqu'ici, les responsables chinois ont refusé de répondre de façon constructive. La répression brutale du mouvement démocratique chinois en juin de cette année confirme mon opinion que toute solution au problème du Tibet passe par des garanties internationales. [...]

Mon rêve est que le plateau tibétain devienne un libre refuge où l'humanité et la nature puissent cohabiter en paix et en harmonie. Ce serait un lieu où de partout on viendrait chercher le vrai sens de la paix à l'intérieur de soi-même, loin des tensions et des pressions communes à la plupart des pays. Le Tibet pourrait devenir un centre créateur et promoteur de la paix. [...]

[...]

Let me end with a personal note of thanks to all of you and our friends who are not here today. The concern and support which you have expressed for the plight of the Tibetans have touched us all greatly, and continue to give us courage to struggle for freedom and justice: not through the use of arms, but with the powerful weapons of truth and determination. I know that I speak on behalf of all the people of Tibet when I thank you and ask you not to forget Tibet at this critical time in our country's history. We too hope to contribute to the development of a more peaceful, more humane and more beautiful world. A future free Tibet will seek to help those in need throughout the world, to protect nature, and to promote peace. I believe that our Tibetan ability to combine spiritual qualities with a realistic and practical attitude enables us to make a special contribution, in however modest a way. This is my hope and prayer.

In conclusion, let me share with you a short prayer which gives me great inspiration and determination:

> *For as long as space endures,*
> *And for as long as living beings remain,*
> *Until then may I, too, abide*
> *To dispel the misery of the world.*

Thank you.

Je terminerai par des remerciements que j'adresse personnellement à vous tous et aux amis qui ne sont pas parmi nous aujourd'hui. L'intérêt et le soutien que vous avez apportés à la cause tibétaine nous touchent profondément et constituent un encouragement dans notre lutte pour la liberté et la justice : un combat que nous menons avec les seules armes de la vérité et de la volonté. Je sais que je parle au nom de mon peuple lorsque je vous remercie et vous demande de ne pas oublier le Tibet en ces temps critiques de son histoire. Nous espérons contribuer à l'instauration d'un monde de paix plus humain et plus beau – le futur Tibet libre n'aura de cesse d'offrir son aide à ceux qui en ont besoin et d'œuvrer en faveur de la protection de la nature et de la paix.

Je suis convaincu que notre aptitude à joindre des qualités spirituelles à des comportements réalistes peut représenter un apport, peut-être modeste mais non négligeable, à l'avenir du monde. Tel est mon vœu et ma prière.

Pour conclure, je souhaiterais partager avec vous une courte prière qui est pour moi source d'inspiration et de force.

Tant que dure l'espace,
Tant que vit un seul être,
Puissé-je également demeurer tout ce temps
Pour mettre fin aux souffrances du monde.

Merci.

Traduit de l'anglais par Lise Médini

Chronologie*

6 juillet 1935 : naissance de Tenzin Gyatso.

1938 : Tenzin Gyatso est reconnu quatorzième Dalaï Lama.

1940 : installation au palais du Potala.

7 octobre 1950 : *30 000 soldats chinois franchissent la frontière tibétaine.*

Novembre 1950 : Tenzin Gyatso est intronisé chef spirituel et temporel du Tibet.

23 mai 1951 : *traité sino-tibétain, la Chine se voit reconnaître l'autorité militaire au Tibet, la direction des affaires étrangères, mais s'engage à respecter l'autonomie régionale et à ne pas lutter contre les croyances tibétaines.*

1952 : *campagne chinoise de destruction des monastères tibétains.*

1959 : le Dalaï Lama obtient son doctorat en études bouddhistes et le grade universitaire le plus élevé, *guéshé lharampa.*

Mars 1959 : *rébellion générale du Tibet, écrasée dans la violence.*

---

* Les événements historiques sont présentés en italique.

31 mars 1959 : le Dalaï Lama se réfugie en Inde avec son gouvernement et son Parlement.

Septembre 1965 : *le Tibet devient une région autonome de la République populaire de Chine.*

1987 : *le tibétain redevient la langue officielle, ce qu'elle n'était plus depuis 1959.*

1987 : le Dalaï Lama propose un plan de paix pour le Tibet en cinq points.

Mars 1989 : *troubles à Lhassa, plusieurs dizaines de morts, loi martiale proclamée au Tibet (mars 1989-mai 1990).*

Décembre 1989 : le Dalaï Lama reçoit le prix Nobel de la paix.

Avril 1991 : rencontre avec le président des États-Unis, George Bush.

Décembre 1991 : reçu par le Premier ministre anglais, John Major.

1993 : visite en France.

Octobre 2007 : reçoit la Médaille d'or du Congrès, à Washington.

Mars 2008 : *importantes manifestations de moines à Lhassa qui dégénèrent en violentes émeutes.*

6 décembre 2008 : rencontre avec le président de la République française, Nicolas Sarkozy.

LES GRANDS DISCOURS

« Elles sont 300 000 chaque année »
Discours de SIMONE VEIL, pour le droit à l'avortement,
26 novembre 1974
suivi de **« Accéder à la maternité volontaire »**
Discours de LUCIEN NEUWIRTH, 1er juillet 1967

« Lançons la liberté dans les colonies »
Discours de G. J. DANTON et L. DUFAY, 4 février 1794
suivi de **« La France est un arbre vivant »**
Discours de LÉOPOLD SÉDAR SENGHOR, 29 janvier 1957
et de **« La traite et l'esclavage sont un crime contre l'humanité »**
Discours de CHRISTIANE TAUBIRA-DELANNON,
18 février 1999

« I have a dream »
Discours de MARTIN LUTHER KING, 28 août 1963
suivi de **La Nation et la race**
Conférence d'ERNEST RENAN, 11 mars 1882
Édition bilingue

« Yes we can »
Discours de BARACK OBAMA, 8 janvier 2008
suivi de **« Nous surmonterons nos difficultés »**
Discours de FRANKLIN D. ROOSEVELT, 4 mars 1933
Édition bilingue

« Du sang, de la sueur et des larmes »
Discours de WINSTON CHURCHILL, 13 mai et 18 juin 1940
suivi de **L'Appel du 18 juin**
Déclarations du GÉNÉRAL DE GAULLE, 18 et 22 juin 1940
Édition bilingue

« Demain, vous voterez l'abolition de la peine de mort »
Discours de Robert Badinter, 17 septembre 1981
suivi de **« Je crois qu'il y a lieu de recourir à la peine exemplaire »**
Discours de Maurice Barrès, 3 juillet 1908

« Vous frappez à tort et à travers »
Discours de François Mitterrand et Michel Rocard, 29 avril 1970
suivi de **« L'insécurité est la première des inégalités »**
Allocution de Nicolas Sarkozy, 18 mars 2009

RÉALISATION : NORD COMPO À VILLENEUVE-D'ASCQ
IMPRESSION : NORMANDIE ROTO IMPRESSION S.A.S À LONRAI
DÉPÔT LÉGAL : AOÛT 2009. N°100287-8 (1604834)
IMPRIMÉ EN FRANCE